宮沢賢治・作　降矢なな・絵

黄いろのトマト

博物局十六等官《はくぶつきょくじゅうろくとうかん》
キュステ誌《し》

私《わたくし》の町《まち》の博物館《はくぶつかん》の、大《おお》きなガラスの戸棚《とだな》には、剝製《はくせい》ですが、四疋《よんひき》の蜂雀《はちすずめ》がいます。

生《い》きてたときはミィミィとなき蝶《ちょう》のように花《はな》の蜜《みつ》をたべるあの小《ちい》さなかあいらしい蜂雀《はちすずめ》です。わたくしはその四疋《よんひき》の中《なか》でいちばん上《うえ》の枝《えだ》にとまって、羽《はね》を両方《りょうほう》ひろげかけ、まっ青《さお》なそらにいまにもとび立《た》ちそうなのを、ことにすきでした。それは眼《め》が赤《あか》くてつるつるした緑青《ろくしょう》いろの胸《むね》をもち、そのりんと張《は》った胸《むね》には波形《なみがた》のうつくしい紋《もん》もありました。

小《ちい》さいときのことですが、ある朝早《あさはや》く、私《わたくし》は学校《がっこう》に行《い》く前《まえ》にこっそり一寸《ちょっと》ガラスの前《まえ》に立《た》ちましたら、その蜂雀《はちすずめ》が、銀《ぎん》の針《はり》の様《よう》なほそいきれいな声《こえ》で、にわかに私《わたくし》に言《い》いました。

「お早《はよ》う。ペムペルという子《こ》はほんとうにいい子《こ》だったのにかあいそうなことをした。」

その時窓《ときまど》にはまだ厚《あつ》い茶《ちゃ》いろのカーテンが引《ひ》いてありましたので室《へや》の中《なか》はちょうどビール瓶《びん》のかけらをのぞいたようでした。ですから私《わたくし》も挨拶《あいさつ》しました。

「お早《はよ》う。蜂雀《はちすずめ》。ペムペルという人《ひと》がどうしたっての。」

蜂雀《はちすずめ》がガラスの向《む》こうで又云《またい》いました。

「ええお早《はよ》うよ。妹《いもうと》のネリという子《こ》もほんとうにかあいらしいいい子《こ》だったのにかあいそうだなあ。」

「どうしたていうの話《はな》してておくれ。」

すると蜂雀《はちすずめ》はちょっと口《くち》あいてわらうようにしてまた云《い》いました。

「話《はな》してあげるからおまえは鞄《かばん》を床《ゆか》におろしてその上《うえ》にお座《すわ》り。」

私《わたくし》は本《ほん》の入《はい》ったかばんの上《うえ》に座《すわ》るのは一寸困《ちょっとこま》りましたけれどもどうしてもそのお話《はなし》を聞《き》きたかったのでとうとうその通《とお》りしました。

すると蜂雀《はちすずめ》は話《はな》しました。

「ペムペルとネリは毎日《まいにち》
お父《とう》さんやお母《かあ》さんたちの
働《はたら》くそばで遊《あそ》んでいたよ
(以下原稿一枚《いかげんこういちまい》?・なし)

その時僕《ときぼく》も
『さようなら。さようなら。』
と云《い》ってペムペルのうちの
きれいな木《き》や花《はな》の間《あいだ》から
まっすぐにおうちにかえった。

それから勿論《もちろん》小麦《こむぎ》も搗《つ》いた。

二人《ふたり》で小麦《こむぎ》を粉《こな》にするときは僕《ぼく》はいつでも見《み》に行《い》った。小麦《こむぎ》を粉《こな》にする日《ひ》ならペムペルはちぢれた髪《かみ》からみじかい浅黄《あさぎ》のチョッキから木綿《もめん》のだぶだぶずぼんまで粉《こな》ですっかり白《しろ》くなりながら赤《あか》いガラスの水車場《すいしゃば》でことことやっているだろう。ネリはその粉《こな》を四百《よんひゃく》グレンぐらいずつ木綿《もめん》の袋《ふくろ》につめ込《こ》んだりつかれてぼんやり戸口《とぐち》によりかかりはたけをながめていたりする。

そのときぼくはネリちゃん。あなたはむぐらはすきですかとからかったりして飛《と》んだのだ。それからもちろんキャベヂも植《う》えた。

二人《ふたり》がキャベヂを穫《と》るときは僕《ぼく》はいつでも見《み》に行《い》った。

ペムペルがキャベヂの太《ふと》い根《ね》を截《き》ってそれをはたけにころがすと、ネリは両手《りょうて》でそれをもって水《みず》いろに塗《ぬ》られた一輪車《いちりんしゃ》に入《い》れるのだ。そして二人《ふたり》は車《くるま》を押《お》して黄色《きいろ》のガラスの納屋《なや》にキャベヂを運《はこ》んだのだ。青《あお》いキャベヂがころがってるのはそれはずいぶん立派《りっぱ》だよ。

そして二人《ふたり》はたった二人《ふたり》だけずいぶんたのしくくらしていた。」

「おとなはそこらに居《い》なかったの。」わたしはふと思《おも》い付《つ》いてそうたずねました。

「おとなはすこしもそこらあたりに居《い》なかった。なぜならペムペルとネリの兄妹《きょうだい》の二人《ふたり》はたった二人《ふたり》だけずいぶん愉快《ゆかい》にくらしてたから。

けれどほんとうにかあいそうだ。

ペムペルという子《こ》は全《まった》くいい子《こ》だったのにかあいそうなことをした。

ネリという子《こ》は全《まった》くかあいらしい女《おんな》の子《こ》だったのにかあいそうなことをした。」

蜂雀《はちすずめ》は俄《にわ》かにだまってしまいました。

私《わたくし》はもう全《まった》く気《き》が気《き》でありませんでした。

蜂雀《はちすずめ》はいよいよだまってガラスの向《む》こうでしんとしています。

私《わたくし》もしばらくは耐《こら》えて膝《ひざ》を両手《りょうて》で抱《かか》えてじっとしていましたけれどもあんまり蜂雀《はちすずめ》がいつまでもだまっているもんですからそれにそのだまりようと云《い》ったらたとえ一《いっ》ぺん死《し》んだ人《ひと》が二度《にど》とお墓《はか》から出《で》て来《こ》ようたって口《くち》なんか聞《き》くもんかと云《い》うように見《み》えましたのでとうとう私《わたくし》は居《い》たたまらなくなりました。私《わたくし》は立《た》ってガラスの前《まえ》に歩《ある》いて行《い》って両手《りょうて》をガラスにかけて中《なか》の蜂雀《はちすずめ》に云《い》いました。

「ね、蜂雀《はちすずめ》、そのペムペルとネリちゃんとがそれから一体《いったい》どうなったの、どうしたって云《い》うの、ね、蜂雀《はちすずめ》、話《はな》してお呉《く》れ。」

けれども蜂雀《はちすずめ》はやっぱりじっとその細《ほそ》いくちばしを尖《とが》らしたまま向《む》こうの四十雀《しじゅうから》の方《ほう》を見《み》たっきり二度《にど》と私《わたくし》に答《こた》えようともしませんでした。

「ね、蜂雀《はちすずめ》、談《はな》してお呉《く》れ。だめだい半分《はんぶん》ぐらい云《い》っておいていけないったら蜂雀《はちすずめ》ね。談《はな》してお呉《く》れ。そら、さっきの続《つづ》きをさ。どうして話《はな》して呉《く》れないの。」

ガラスは私《わたくし》の息《いき》ですっかり曇《くも》りました。

四羽《よんわ》の美《うつく》しい蜂雀《はちすずめ》さえまるでぼんやり見《み》えたのです。私《わたくし》はとうとう泣《な》きだしました。

なぜって第一《だいいち》あの美《うつく》しい蜂雀《はちすずめ》がたった今《いま》まできれいな銀《ぎん》の糸《いと》のような声《こえ》で私《わたし》と話《はなし》をしていたのに俄《にわ》かに硬《かた》く死《し》んだようになってその眼《め》もすっかり黒《くろ》い硝子玉《ガラスだま》か何《なに》かになってしまいいつまでたっても四十雀《しじゅうから》ばかり見《み》ているのです。おまけに一体《いったい》それさえほんとうに見《み》ているのかただ眼《め》がそっちへ向《む》いてるように見《み》えるのか少《すこ》しもわからないのでしょう。それにまたあんなかあいらしい日《ひ》に焼《や》けたペムペルとネリの兄妹《きょうだい》が何《なに》か大《たい》へんかあいそうな目《め》になったというのですものどうして泣《な》かないでいられましょう。もう私《わたし》はその為《ため》ならば一週間《いっしゅうかん》でも泣《な》けたのです。

すると俄《にわ》かに私《わたし》の右《みぎ》の肩《かた》が重《おも》くなりました。そして何《なん》だか暖《あたた》かいのです。

びっくりして振《ふ》りかえって見《み》ましたらあの番人《ばんにん》のおじいさんが心配《しんぱい》そうに白《しろ》い眉《まゆ》を寄《よ》せて私《わたくし》の肩《かた》に手《て》を置《お》いて立《た》っているのです。その番人《ばんにん》のおじいさんが云《い》いました。

「どうしてそんなに泣《な》いて居《い》るの。おなかでも痛《いた》いのかい。朝《あさ》早《はや》くから鳥《とり》のガラスの前《まえ》に来《き》てそんなにひどく泣《な》くもんでない。」

けれども私《わたくし》はどうしてもまだ泣《な》きやむことができませんでした。おじいさんは又《また》云《い》いました。

「そんなに高《たか》く泣《な》いちゃいけない。まだ入口《いりくち》を開《あ》けるに一時間半《いちじかんはん》も間《ま》があるのにおまえだけそっと入《い》れてやったのだ。それにそんなに高《たか》く泣《な》いて表《おもて》の方《ほう》へ聞《き》こえたらみんな私《わたし》に故障《こしょう》を云《い》って来《く》るんでないか。そんなに泣《な》いていけないよ。どうしてそんなに泣《な》いてんだ。」

私《わたくし》はやっと云《い》いました。

「だって蜂雀《はちすずめ》がもう私《わたし》に話《はな》さないんだもの。」

するとじいさんは高《たか》く笑《わら》いました。

「ああ　蜂雀《はちすずめ》が又《また》おまえに何《なに》か話《はな》したね。そして俄《にわ》かに黙《だま》り込《こ》んだね。そいつはいけない。この蜂雀《はちすずめ》はよくその術《じゅつ》をやって人《ひと》をからかうんだ。よろしい。私《わたし》が叱《しか》ってやろう。」

番人《ばんにん》のおじいさんはガラスの前《まえ》に進《すす》みました。

「おい。蜂雀《はちすずめ》。今日《きょう》で何度目《なんどめ》だと思《おも》う。手帳《てちょう》へつけるよ。つけるよ。あんまりいけなけあ仕方《しかた》ないから館長《かんちょう》様《さま》へ申《もう》し上《あ》げてアイスランドへ送《おく》っちまうよ。

ええおい。さあ坊《ぼっ》ちゃん。きっとこいつは談《はな》します。早《はや》く涙《なみだ》をおふきなさい。まるで顔中《かおじゅう》ぐじゃぐじゃだ。

そらええああすっかりさっぱりした。

お話《はなし》がすんだら早《はや》く学校《がっこう》へ入《い》らっしゃい。

あんまり長《なが》くなって厭《あ》きっちまうとこいつは又《また》いろいろいやなことを云《い》いますから。ではようがすか。」

番人《ばんにん》のおじいさんは私《わたくし》の涙《なみだ》を拭《ふ》いて呉《く》れてそれから両手《りょうて》をせなかで組《く》んでことりことり向《む》こうへ見《み》まわって行《い》きました。

おじいさんのあし音《おと》がそのうすくらい茶色《ちゃいろ》の室《へや》の中《なか》から隣《とな》りの室《へや》へ消《き》えたとき蜂雀《はちすずめ》はまた私《わたくし》の方《ほう》を向《む》きました。

私《わたくし》はどきっとしたのです。

「さっきはごめんなさい。僕《ぼく》すっかり疲《つか》れちまったもんですからね。」

蜂雀《はちすずめ》は細《ほそ》い細《ほそ》いハアモニカの様《よう》な声《こえ》でそっと私《わたくし》にはなしかけました。

私《わたくし》もやさしく言《い》いました。

「蜂雀《はちすずめ》。僕《ぼく》ちっとも怒《おこ》っちゃいないんだよ。さっきの続《つづ》きを話《はな》してお呉《く》れ。」

蜂雀《はちすずめ》は語《かた》りはじめました。

「ペムペルとネリとはそれはほんとうにかあいいんだ。二人《ふたり》が青《あお》ガラスのうちの中《なか》に居《い》て窓《まど》をすっかりしめてると二人《ふたり》は海《うみ》の底《そこ》に居《い》るように見《み》えた。そして二人《ふたり》の声《こえ》は僕《ぼく》には聞《き》こえやしないね。

それは非常《ひじょう》に厚《あつ》いガラスなんだから。

けれども二人《ふたり》が一《ひと》つの大《おお》きな帳面《ちょうめん》をのぞきこんで一所《いっしょ》に同《おな》じように口《くち》をあいたり少《すこ》し閉《と》じたりしているのを見《み》るとあれは一緒《いっしょ》に唱歌《しょうか》をうたっているのだということは誰《たれ》だってすぐわかるだろう。僕《ぼく》はそのいろいろにうごく二人《ふたり》の小《ち》さな口《くち》つきをじっと見《み》ているのを大《たい》へんすきでいつでも庭《にわ》のさるすべりの木《き》に居《い》たよ。ペムペルはほんとうにいい子《こ》なんだけれどかあいそうなことをした。

ネリも全《まった》くかあいらしい女《おんな》の子《こ》だったのにかあいそうなことをした。」

「だからどうしたって云《い》うの。」

「だからね、二人《ふたり》はほんとうにおもしろくくらしていたのだから、それだけならばよかったんだ。

ところが二人《ふたり》は、
はたけにトマトを十本《じっぽん》植《う》えていた。
そのうち五本《ごほん》がポンデローザでね、
五本《ごほん》がレッドチェリイだよ。
ポンデローザにはまっ赤《か》な大《おお》きな実《み》がつくし、
レッドチェリーにはさくらんぼほどの
赤《あか》い実《み》がまるでたくさんできる。ぼくはトマトは食《た》べないけれど、
ポンデローザを見《み》ることならもうほんとうにすきなんだ。
ある年《とし》やっぱり苗《なえ》が二《ふた》いろあったから、
植《う》えたあとでも二《ふた》いろあった。だんだんそれが大《おお》きくなって、
葉《は》からはトマトの青《あお》いにおいがし、
茎《くき》からはこまかな黄金《きん》の粒《つぶ》のようなものも噴《ふ》き出《だ》した。
そしてまもなく実《み》がついた。

ところが五本《ごほん》のチェリーの中《なか》で、一本《いっぽん》だけは奇体《きたい》に黄《き》いろなんだろう。そして大《たい》へん光《ひか》るのだ。ギザギザの青黒《あおぐろ》い葉《は》の間《あいだ》から、まばゆいくらい黄《き》いろなトマトがのぞいているのは立派《りっぱ》だった。だからネリが云《い》った。

『にいさま、あのトマトどうしてあんなに光《ひか》るんでしょうね。』

ペムペルは唇《くちびる》に指《ゆび》をあててしばらく考《かんが》えてから答《こた》えていた。

『黄金《きん》だよ。黄金《きん》だからあんなに光《ひか》るんだ。』

『まあ、あれ黄金《きん》なの。』ネリがすこしびっくりしたように云《い》った。

『立派《りっぱ》だねえ。』

『ええ立派《りっぱ》だわ。』

そして二人《ふたり》はもちろん、その黄《き》いろなトマトをとりもしなけぁ、一寸《ちょっと》さわりもしなかった。

そしたらほんとうにかあいそうなことをしたねえ。」

「だからどうしたって云《い》うの。」

「だからね、二人《ふたり》はこんなに楽《たの》しくくらしていたんだからそれだけならばよかったんだよ。

ところがある夕方《ゆうがた》二人《ふたり》が羊歯《しだ》の葉《は》に水《みず》をかけてたら、遠《とお》くの遠《とお》くの野《の》はらの方《ほう》から何《なん》とも云《い》えない奇体《きたい》ないい音《おと》が風《かぜ》に吹《ふ》き飛《と》ばされて聞《き》こえて来《く》るんだ。

まるでまるでいい音《おと》なんだ。

切《き》れ切《ぎ》れになって飛《と》んでは来《く》るけれど、まるですずらんやヘリオトロープのいいかおりさえするんだろう、その音《おと》がだよ。

二人《ふたり》は如露《じょろ》の手《て》をやめて、しばらくだまって顔《かお》を見合《みあ》わせたねえ、それからペムペルが云《い》った。

『ね、行《い》って見《み》ようよ、あんなにいい音《おと》がするんだもの。』

ネリは勿論《もちろん》、もっと行《い》きたくってたまらないんだ。

『行《い》きましょう、兄《にい》さま、すぐ行《い》きましょう。』

『うん、すぐ行《い》こう。大丈夫《だいじょうぶ》あぶないことないね。』

そこで二人《ふたり》は手《て》をつないで
菓樹園《かじゅえん》を出《で》てどんどんそっちへ走《はし》って行《い》った。
音《おと》はよっぽど遠《とお》かった。
樺《かば》の木《き》の生《は》えた小山《こやま》を二《ふた》つ越《こ》えても
まだそれほどに近《ちか》くもならず、
楊《やなぎ》の生《は》えた小流《こなが》れを三《みっ》つ越《こ》えても
なかなかそんなに近《ちか》くはならなかった。
それでもいくらか近《ちか》くはなった。
二人《ふたり》が二本《にほん》の榧《かや》の木《き》のアーチになった下《した》を潜《くぐ》ったら
不思議《ふしぎ》な音《おと》はもう切《き》れ切《ぎ》れじゃなくなった。
そこで二人《ふたり》は元気《げんき》を出《だ》して
上着《うわぎ》の袖《そで》で汗《あせ》をふきふきかけて行《い》った。
そのうち音《おと》はもっとはっきりして来《き》たのだ。
ひょろひょろした笛《ふえ》の音《おと》も入《はい》っていたし、
大喇叭《おおらっぱ》のどなり声《ごえ》もきこえた。
ぼくにはみんなわかって来《き》たのだよ。
『ネリ、もう少《すこ》しだよ、しっかり僕《ぼく》につかまっておいで。』
ネリはだまってきれで包《つつ》んだ小《ちい》さな卵形《たまごがた》の頭《あたま》を振《ふ》って、
唇《くちびる》を噛《か》んで走《はし》った。

二人《ふたり》がも一度《いちど》、樺《かば》の木《き》の生《は》えた丘《おか》をまわったとき、いきなり眼《め》の前《まえ》に白《しろ》いほこりのぼやぼや立《た》った大《おお》きな道《みち》が、横《よこ》になっているのを見《み》た。その右《みぎ》の方《ほう》から、さっきの音《おと》がはっきり聞《き》こえ、左《ひだり》の方《ほう》からもう一団《ひとかたま》り、白《しろ》いほこりがこっちの方《ほう》へやって来《く》る。ほこりの中《なか》から、チラチラ馬《うま》の足《あし》が光《ひか》った。
間《ま》もなくそれは近《ちか》づいたのだ。ペムペルとネリとは、手《て》をにぎり合《あ》って、息《いき》をこらしてそれを見《み》た。

もちろん僕《ぼく》もそれを見《み》た。
やって来《き》たのは七人《しちにん》ばかりの馬乗《うまの》りなのだ。
馬《うま》は汗《あせ》をかいて黒《くろ》く光《ひか》り、鼻《はな》からふうふう息《いき》をつき、しずかにだくをやっていた。乗《の》ってるものはみな赤《あか》シャツで、てかてか光《ひか》る赤革《あかかわ》の長靴《ながぐつ》をはき、帽子《ぼうし》には鷺《さぎ》の毛《け》やなにか、白《しろ》いひらひらするものをつけていた。鬚《ひげ》をはやしたおとなも居《い》れば、いちばんしまいにはペムペル位《くらい》の頬《ほお》のまっかな眼《め》のまっ黒《くろ》なかあいい子《こ》も居《い》た。ほこりの為《ため》にお日《ひ》さまはぼんやり赤《あか》くなった。

おとなはみんなペムペルとネリなどは見《み》ない風《ふう》して行《い》ったけれど、いちばんしまいのあのかあいい子《こ》は、ペムペルを見《み》て一寸唇《ちょっとくちびる》に指《ゆび》をあてキスを送《おく》ったんだ。

そしてみんなは通《とお》り過《す》ぎたのだ。みんなの行《い》った方《ほう》から、あのいい音《おと》がいよいよはっきり聞《き》こえて来《き》た。まもなくみんなは向《む》こうの丘《おか》をまわって見《み》えなくなったが、左《ひだり》の方《ほう》から又誰《またたれ》かゆっくりやって来《く》るのだ。

それは小《ちい》さな家《いえ》ぐらいある白《しろ》い四角《しかく》の箱《はこ》のようなもので、人《ひと》が四五人《しごにん》ついて来《き》た。だんだん近《ちか》くになって見《み》ると、ついて居《い》るのはみんな黒《くろ》ん坊《ぼう》で、眼《め》ばかりぎらぎら光《ひか》らして、ふんどしだけして裸足《はだし》だろう。白《しろ》い四角《しかく》なものを囲《かこ》んで来《き》たのだけれど、その白《しろ》いのは箱《はこ》じゃなかった。実《じつ》は白《しろ》いきれを四方《しほう》にさげた、日本《にほん》の蚊帳《かや》のようなもんで、その下《した》からは大《おお》きな灰《はい》いろの四本《よんほん》の脚《あし》が、ゆっくりゆっくり上《あが》ったり下《さが》ったりしていたのだ。

ペムペルとネリとは、黒人《こくじん》はほんとうに恐《こわ》かったけれど又面白《またおもしろ》かった。四角《しかく》なものも恐《こわ》かったけれど、めずらしかった。そこでみんなが過《す》ぎてから、二人《ふたり》は顔《かお》を見合《みあ》わせた。そして

『ついて行《い》こうか。』

『ええ、行《い》きましょう。』と、まるでかすれた声《こえ》で云《い》ったのだ。そして二人《ふたり》はよほど遠《とお》くからついて行《い》った。

黒人《こくじん》たちは、時々《ときどき》何《なに》かわからないことを叫《さけ》んだり、空《そら》を見《み》ながら跳《は》ねたりした。四本《よんほん》の脚《あし》はゆっくりゆっくり、上《あが》ったり下《さが》ったりしていたし、時々《ときどき》ふう、ふうという呼吸《こきゅう》の音《おと》も聞《き》こえた。

二人《ふたり》はいよいよ堅《かた》く手《て》を握《にぎ》ってついて行《い》った。

そのうちお日《ひ》さまは、
変《へん》に赤《あか》くどんよりなって、
西《にし》の方《ほう》の山《やま》に入《はい》ってしまい、
残《のこ》りの空《そら》は黄《き》いろに光《ひか》り、
草《くさ》はだんだん青《あお》から黒《くろ》く見《み》えて来《き》た。

さっきからの音《おと》がいよいよ近《ちか》くなり、
すぐ向《む》こうの丘《おか》のかげでは、さっきのらしい
馬《うま》のひんひん啼《な》くのも鼻《はな》をぶるるっと鳴《な》らすのも聞《き》こえたんだ。

四角《しかく》な家《いえ》の生物《いきもの》が、脚《あし》を百《ひゃっ》ぺん上《あ》げたり下《さ》げたりしたら、
ペムペルとネリとはびっくりして眼《め》を擦《こす》った。向《む》こうは大《おお》きな町《まち》なんだ。灯《あかり》が一杯《いっぱい》についている。それからすぐ眼《め》の前《まえ》は平《たい》らな草地《くさち》になっていて、大《おお》きな天幕《テント》がかけてある。天幕《テント》は丸太《まるた》で組《く》んである。まだ少《すこ》しあかるいのに、青《あお》いアセチレンや、油煙《ゆえん》を長《なが》く引《ひ》くカンテラがたくさんともって、その二階《にかい》には奇麗《きれい》な絵看板《えかんばん》がたくさんかけてあったのだ。その看板《かんばん》のうしろから、さっきからのいい音《おと》が起《お》こっていたのだ。看板《かんばん》の中《なか》には、さっきキスを投《な》げた子《こ》が、二疋《にひき》の馬《うま》に片《かた》っ方《ぽう》ずつ手《て》をついて、逆立《さかだ》ちしてる処《ところ》もある。さっきの馬《うま》はみなその前《まえ》につながれて、その他《ほか》にだって十五六疋《じゅうごろくひき》ならんでいた。みんなオートを食《た》べていた。

おとなや女《おんな》や子供《こども》らが、その草《くさ》はらにたくさん集《あつ》まって看板《かんばん》を見上《みあ》げていた。

看板《かんばん》のうしろからは、さっきの音《おと》が盛《さか》んに起《お》こった。

けれどもあんまり近《ちか》くで聞《き》くと、そんなにすてきな音《おと》じゃない。

ただの楽隊《がくたい》だったんだい。

ただその音《おと》が、野原《のはら》を通《とお》って行《い》く途中《とちゅう》、だんだん音《おと》がかすれるほど、花《はな》のにおいがついて行《い》ったんだ。

白《しろ》い四角《しかく》な家《いえ》も、ゆっくりゆっくり中《なか》へはいって行《い》ってしまった。

中《なか》では何《なに》かが細《ほそ》い高《たか》い声《こえ》でないた。

人《ひと》はだんだん増《ふ》えて来《き》た。

楽隊《がくたい》はまるで馬鹿《ばか》のように盛《さか》んにやった。

みんなは吸《す》いこまれるように、三人《さんにん》五人《ごにん》ずつ中《なか》へはいって行《い》ったのだ。

ペムペルとネリとは息《いき》をこらして、じっとそれを見《み》た。

『僕《ぼく》たちも入《はい》ってこうか。』ペムペルが胸《むね》をどきどきさせながら云《い》った。

『入《はい》りましょう』とネリも答《こた》えた。

けれども何《なん》だか二人《ふたり》とも、安心《あんしん》にならなかったのだ。どうもみんなが入口《いりくち》で何《なに》か番人《ばんにん》に渡《わた》すらしいのだ。ペムペルは少《すこ》し近《ちか》くへ寄《よ》って、じっとそれを見《み》た。食《く》い付《つ》くように見《み》ていたよ。

そしたらそれはたしかに銀《ぎん》か黄金《きん》かのかけらなのだ。

黄金《きん》をだせば銀《ぎん》のかけらを返《かえ》してよこす。

そしてその人《ひと》は入《はい》って行《い》く。

だからペムペルも黄金《きん》をポケットにさがしたのだ。

『ネリ、お前《まえ》はここに待《ま》っといで。僕一寸《ぼくちょっと》うちまで行《い》って来《く》るからね。』

『わたしも行《い》くわ。』ネリは云《い》ったけれども、ペムペルはもうかけ出《だ》したので、ネリは心配《しんぱい》そうに半分泣《はんぶんな》くようにして、又看板《またかんばん》を見《み》ていたよ。

それから僕《ぼく》は心配《しんぱい》だから、ネリの処《ところ》に番《ばん》しようか、ペムペルについて行《い》こうか、ずいぶんしばらく考《かんが》えたけれども、いくらそこらを飛《と》んで見《み》ても、みんな看板《かんばん》ばかり見《み》ていて、ネリをさらって行《い》きそうな悪漢《あっかん》は一人《ひとり》も居《い》ないんだ。

そこで安心《あんしん》して、ペムペルについて飛《と》んで行《い》った。

ペムペルはそれはひどく走《はし》ったよ。
四日《よっか》のお月《つき》さんが、西《にし》のそらにしずかにかかっていたけれど、
そのぼんやりした青《あお》じろい光《ひかり》で、どんどんどんどんペムペルはかけた。
僕《ぼく》は追《お》いつくのがほんとうに辛《つら》かった。
眼《め》がぐるぐるして、風《かぜ》がぶうぶう鳴《な》ったんだ。
樺《かば》の木《き》も楊《やなぎ》の木《き》も、みんなまっ黒《くろ》、草《くさ》もまっ黒《くろ》、
その中《なか》をどんどんどんどんペムペルはかけた。

　それからとうとうあの菓樹園《かじゅえん》にはいったのだ。
　ガラスのお家《うち》が月《つき》のあかりで大《たい》へんなつかしく光《ひか》っていた。
ペムペルは一寸《ちょっと》立《た》ちどまってそれを見《み》たけれども、
又《また》走《はし》ってもうまっ黒《くろ》に見《み》えているトマトの木《き》から、
あの黄《き》いろの実《み》のなるトマトの木《き》から、
黄《き》いろのトマトの実《み》を四《よっ》つとった。
それからまるで風《かぜ》のよう、
あらしのように汗《あせ》と動悸《どうき》で燃《も》え乍《なが》ら、
さっきの草場《くさば》にとって返《かえ》した。
僕《ぼく》も全《まった》く疲《つか》れていた。

ネリはちらちらこっちの方《ほう》を見《み》てばかりいた。
けれどもペムペルは、
『さあ、いいよ。入《はい》ろう。』
とネリに云《い》った。
ネリは悦《よろこ》んで飛《と》びあがり、
二人《ふたり》は手《て》をつないで木戸口《きどぐち》に来《き》たんだ。
ペムペルはだまって二《ふた》つのトマトを出《だ》したんだ。
番人《ばんにん》は『ええ、いらっしゃい。』と言《い》いながら、
トマトを受《う》けとり、それから変《へん》な顔《かお》をした。
しばらくそれを見《み》つめていた。

それから俄《にわ》かに顔《かお》が歪《ゆが》んでどなり出《だ》した。

『何《なん》だ。この餓鬼《がき》め。人《ひと》をばかにしやがるな。トマト二《ふた》つで、この大入《おおいり》の中《なか》へ汝《おまえ》たちを押《お》し込《こ》んでやってたまるか。失《う》せやがれ、畜生《ちくしょう》。』

そしてトマトを投《な》げつけた。

あの黄《き》のトマトをなげつけたんだ。

その一《ひと》つはひどくネリの耳《みみ》にあたり、ネリはわっと泣《な》き出《だ》し、みんなはどっと笑《わら》ったんだ。

ペムペルはすばやくネリをさらうように抱《だ》いて、そこを遁《に》げ出《だ》した。

みんなの笑《わら》い声《ごえ》が波《なみ》のように聞《き》こえた。

まっくらな丘《おか》の間《あいだ》まで遁《に》げて来《き》たとき、
ペムペルも俄《にわ》かに高《たか》く泣《な》き出《だ》した。
ああいうかなしいことを、お前《まえ》はきっと知《し》らないよ。
それから二人《ふたり》はだまって
だまってときどきしくりあげながら、
ひるの象《ぞう》について来《き》たみちを戻《もど》った。
それからペムペルは、にぎりこぶしを握《にぎ》りながら、
ネリは時々《ときどき》唾《つば》をのみながら、
樺《かば》の木《き》の生《は》えたまっ黒《くろ》な小山《こやま》を越《こ》えて、
二人《ふたり》はおうちに帰《かえ》ったんだ。
ああかあいそうだよ。ほんとうにかあいそうだ。
わかったかい。じゃさよなら、私《わたくし》はもうはなせない。
じいさんを呼《よ》んで来《き》ちゃいけないよ。さよなら。」

斯《こ》う云《い》ってしまうと蜂雀《はちすずめ》の細《ほそ》い嘴《くちばし》は、また尖《とが》ってじっと閉《と》じてしまい、その眼《め》は向《む》こうの四十雀《しじゅうから》をだまって見《み》ていたのです。

私《わたくし》も大《たい》へんかなしくなって

「じゃ蜂雀《はちすずめ》、さようなら。僕《ぼく》又《また》来《く》るよ。けれどお前《まえ》が何《なに》か云《い》いたかったら云《い》ってお呉《く》れ。さよなら、ありがとうよ。蜂雀《はちすずめ》、ありがとうよ。」

と云《い》いながら、鞄《かばん》をそっと取《と》りあげて、その茶《ちゃ》いろガラスのかけらの中《なか》のような室《へや》を、しずかに廊下《ろうか》へ出《で》たのです。そして俄《にわ》かにあんまりの明《あか》るさと、あの兄妹《きょうだい》のかあいそうなのとに、眼《め》がチクチクッと痛《いた》み、涙《なみだ》がぼろぼろこぼれたのです。

私《わたくし》のまだまるで小《ちい》さかったときのことです。

●本文について

本書は『新修　宮沢賢治全集』（筑摩書房）を底本としました。

なお原文の旧字・旧仮名、および送り仮名に関しては、原則として現代の表記を使用しています。

文中の句読点、漢字・仮名の統一および不統一は、原文に従いました。

参考文献＝『新校本　宮沢賢治全集』（筑摩書房）

※本文中に現在はつつしむべき言葉が出てきますが、発表当時の社会通念とともに、作者自身に差別意識はなかったと判断されること、あわせて、作者の人格権と著作物の権利を尊重する立場から原文のままにしたことをご理解願います。

※「誰」のルビを「たれ」としたのは、宮沢賢治の直筆原稿が一貫して「たれ」なので、賢治語法の特徴的なものとして生かしましたが、通例通り「だれ」と読んでも賢治さんはとくに怒らないでしょう。

（ルビ監修／天沢退二郎）

言葉の説明

［博物局十六等官］……賢治の創作した官職名（かんしょくめい）。ほかの賢治作品「ポラーノの広場」に「十八等官でしたから役所のなかでもずうっと下の方でした」などという記述があるので、あまり上位の官職ではないという設定だと思われる。

［キュステ］……賢治が創作した名前。ちなみに、賢治童話「ポラーノの広場」の語り手は「前十七等官　レオーノキュースト」となっている

［蜂雀］……ハチドリ（英語名でハミングバード）のこと。ハチドリ科は鳥類のなかで最も体が小さいグループ。多くの種類がいるが、最小のマメハチドリなどは体長六センチメートルしかない。翼を高速度で動かし、空中で静止するホバリング飛翔（ひしょう）も行う。花の蜜が主食。主に中南米に生息している。作品中で「アイスランドへ送るよ」という言葉は「寒い国へ送っちまうよ」ということを意味するため、暑く暖かい地域に生息する鳥にとっては、まさにおどしになる言葉。

［グレン］……通常の日本語表記としてはグレーンまたはグレイン（grain）で、重さの単位。「四百グレン」は約二六グラムにあたる。

［むぐら］……「もぐら」のことと思われる。

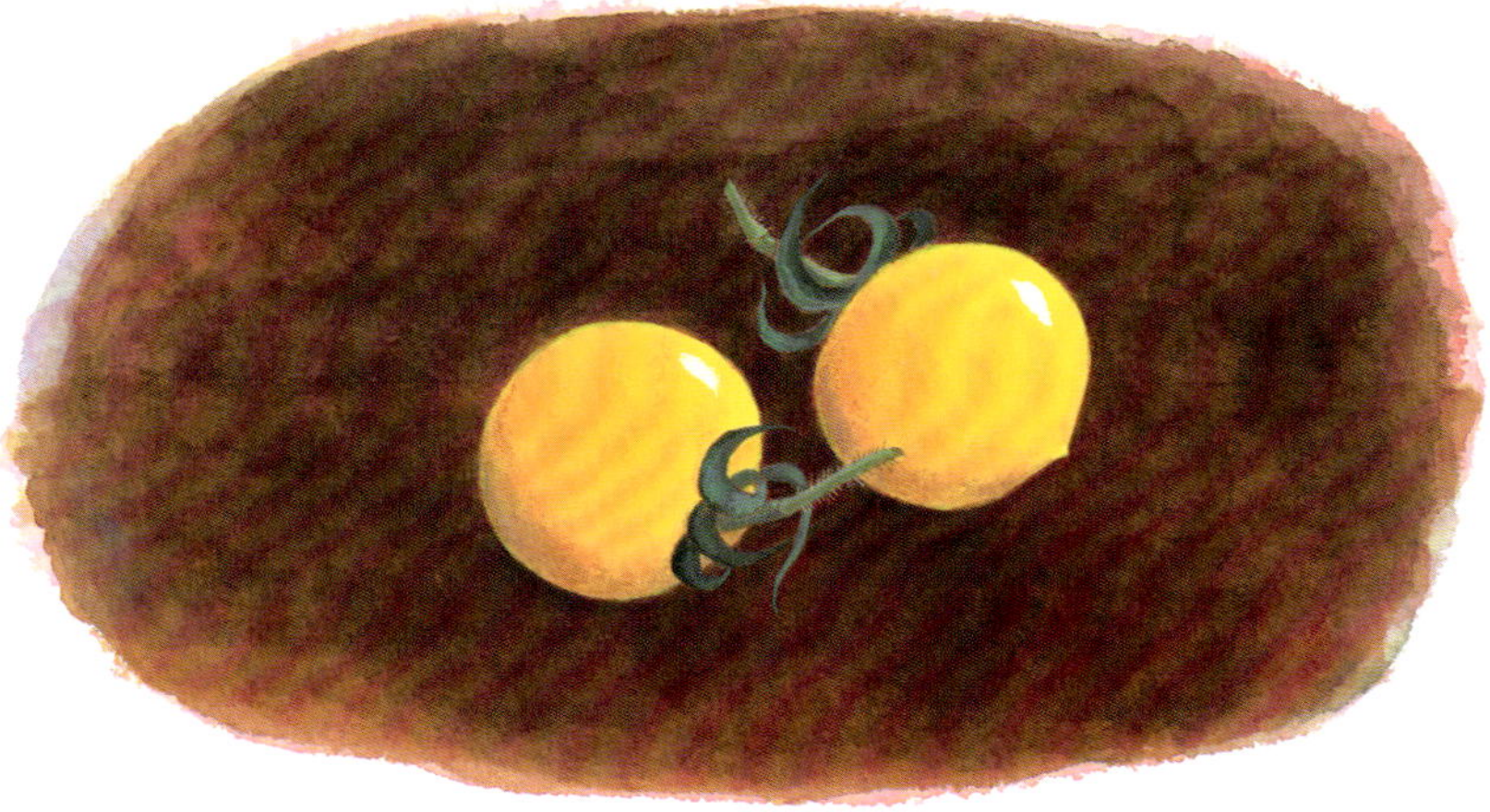

［おとなはすこしもそこらあたりに居なかった］……その前に「ペムペルとネリは毎日お父さんお母さんたちの働くそばで遊んでいたよ」という記述があるが、その後に「以下一枚？原稿なし」という断り書きがある通り、賢治が遺（のこ）した原稿が未整理原稿のため、矛盾（むじゅん）がそのままになっている。ちなみに、本書と同じ「ネリ」という名前の妹が出てくる賢治作品「グスコーブドリの伝記」では、飢饉（ききん）による生活苦のために、ブドリ兄妹の両親がいなくなってしまったことが書いてある。

［故障を云って来る］……文句（もんく）をつけたり、抗議（こうぎ）をしてくるという意味。

［ポンテローザ］……桃色の大型トマト。明治時代に日本に入り、大正時代にかけて流行の品種となった。

［レッドチェリイ（ー）］……ミニトマトの代表的な品種。その小型の粒の大きさから金貨との連想がおこり、この物語の中でペムペルは、それを金貨の代わりにさし出す。

［奇体に］……おかしなことに、不思議なことに、という意味。

［ヘリオトロープ］……キダチルリソウをさすことが多い。ちなみに日本で初めて発売されたフランスの香水の名前は「Heliotrope Blanc」。

［菓樹園］……本来は果樹園と書く。本書の底本とした新修版では果樹園に修正されているが、賢治の直筆原稿で「菓子」を連想させる「菓」が使われていることを、兄妹の牧歌的な生活を象徴させている一文字ととらえなおし、天沢退二郎氏監修の元に、本書ではあえて「菓」を採用した。

［だく］……馬が前脚（まえあし）を高くあげて、やや早く歩くことを「だく足」という。並足（なみあし）と駆（か）け足との中間の速度。また、その足なみのこと。

［アセチレン］……水素と炭素の化合物で、その特性を利用して照明に使われた。アセチレンランプ。

［カンテラ］……ポルトガル語で燭台（しょくだい）を意味するカンデラが転じた言葉。油を使った灯（あか）り。

［オート］……oat／カラスムギ。動物のえさにもなる。

［悪漢］……悪者（わるもの）。

絵・降矢なな

一九六一年、東京生まれ。絵本作家。

スロバキアのブラチスラバ美術大学の版画科において、画家ドゥシャン・カーライ教授のもとで石版画を学ぶ。

その後、本のイラストレーション、版画、絵画を制作し、絵本をはじめ、児童文学の挿絵などを手がける。

一九八五年に、絵本『めっきらもっきらどおんどん』（長谷川摂子／作　福音館書店）でデビュー。その他の絵本作品に、『ちょろりんのすてきなセーター』（福音館書店）「おれたち、ともだち！」シリーズ（内田麟太郎／作　偕成社）『いそっぷのおはなし』（木坂涼／再話　グランまま社）『ナミチカのきのこがり』（童心社）など多数。スロバキア在住。

黄いろのトマト

作／宮沢賢治
絵／降矢なな
発行者／木村皓一　発行所／三起商行株式会社
〒102-0072 東京都千代田区飯田橋3-9-3　SKプラザ3階
電話　03-3511-2561
ルビ監修／天沢退二郎
編集／松田素子（編集協力／寺島知春　永山綾）
デザイン／タカハシデザイン室
印刷・製本／丸山印刷株式会社
発行日／初版第1刷 2013年10月19日

40p.　26cm×25cm　©2013 Nana FURIYA
Printed in Japan.　ISBN978-4-89588-130-2 C8793